詩集

お母さんと呼ばせて

森川芳州
Morikawa Yoshikuni

詩集

お母さんと呼ばせて ＊ 目次

Ⅰ　幼き日

詩集　お母さんと呼ばせて

Ⅰ　幼き日

産声

お母さん
ほら
貴女の強さが
優しさが
光を産みます
水晶の光が
真っ白なシーツに零れ落ち
産声を上げます
輝きとなって
いま

私は産まれた
母は何を思ったか

賢い子なのでは
小さな手の仕種も
特別なこととして
思いを巡らしたか
すこやかにと
何も考えずに
ただ祈ったかも

茶の間の後ろの薄暗い四畳半
破れ障子から射す光
甲高い子供たちの声が
私は頭を上げようとする
小さな布団の上で
頼りないほど小さな手
か細い足で
私は歩いてゆきます
時に心が陰っても

ややこ

母は
このうえなく
優しい顔をする
ややこを見つめる時
可愛いデージーの花を見るように

それを承知で
ややこは
抱きあげられた瞬間
大きな目を
クルッと回して
それから安心しきって
けたたましく

泣きわめく

母は
驚くほど
あどけない声を出す
ややこに呼びかける時
瞬く星を手招くように

それを承知で
ややこは
呼ばれた瞬間
大きな目を
パッチリと見開いて
それから甘えきって
いつまでも
むずかる

寝顔

抱いてやらぬとぐずりだす
なかなか眠ってはくれない
寝たかと思うと
またパッチリと目を開けて

赤子は
少しずつ
少しずつ
いつまでもミルクを飲み続ける
ミルク瓶を口にくわえたまま
スヤスヤと眠り込むことも
ミルクの中には
神様しか知らない

夢へ誘う眠り薬が入っているのかも

腹に首をもたせて風呂に入れるが
少し苦しそう
それでも泣かない
瞳を凝らして様子を窺う
膝に寝かせて体を洗う
慣れると
安心してか
赤子は湯の中で眠り込む
ほんのりと額に汗を光らせて

赤子は
手をしゃぶりながら
掛け布団の端をすすりながら
ミルク瓶を握ったまま
安らかな眠りに就く

オモチャでは

オモチャでは遊ぼうとしない
しゃもじやスプーンが好き
キューピーや熊の縫いぐるみも
直ぐに放ってしまう

何かに夢中になっている時は
そっと見守るしかない
手を出したなら
ものすごい勢いで怒り出す
一度泣かしたなら
なかなか泣き止まない

ハイハイしかできない幼子が

自らの思いを
貫き通そうとする

帽子が大嫌い
被せると
手で引っ張って
取ろうとする
押さえつけると
顔を左右に激しく振るので
帽子がずれて
目や口まで
覆ってしまう

ようやく
オカユを食べ始めたばかりの幼子が
親の思う通りには
なりません

イナイ・イナイ・バァー

甥っ子たちは
幼かった頃
とても私に懐いた

イナイ・イナイ・バァー

その瞬間から子供は待っている
瞳を凝らして
あやされる可笑しさを
ふいに飛び出してくる歌を
ジッと聞き取るために
頓狂な声で
からだを震わせて笑い出す

イナイ・イナイ・バァー

お膳の下から
洋服の影から
襖の向こうから
顔が現れるのを
クスクス笑いが聞こえてくるのを
笑いを堪えて待っている
いつまでも
いつまでも
いつまでも

ふいに思い出が蘇る
あの子もこの子も
イナイ・イナイ・バァー

かくれんぼ

「かくれんぼするもの寄っといで
ジャンケンポンで負けたら鬼よ。」
鬼さんは太い樫の木に向かって目を閉じ
「乃木さんは偉い人。」
大きな声で三遍唱える

子供らは隠れ場を求めて一斉に走り出す
アイちゃん、ケン坊、ヨウコちゃん
大きな木に登り茂みの中に
鶏小屋の隅で身を縮める子も

夕焼けが濃くなり
辺りは真っ赤

隠れたまま眠ってしまった
ヨシ坊だけが見つからない

いつの間にか変わってしまった
庭の大きな柿の木も見当たらない
遊び仲間も何処かへ行った
大人になって

私の夢の中
母は探し続ける
ヨシ坊と呼ばれていた
私を

余りにも遠い日
このまま隠れていよう
やわらかな思いに
包まれて

そっと後ろを

母は追った
初めて我が子が学校に行った日
気付かれないように
そっと
後ろを追った

運動会
ビリッケツだと覚悟した
お前が遅いはずがない
母に背中を押されて三等になった

学芸会
隠れるようにしてカスタネットを打った

臆するなと母の眼が訴える
皆の前で植物観察の発表をした

入学試験当日
母は八幡様へ
願掛けに行った
心は試験会場にいただろう

病院の救急医療室
苦しげに顔を歪めたまま
息を引き取った
何もしてあげられなかった

母は今も
追ってくれているだろうか
そっと
後ろを

缶ぽっくり

梅干しをくるんだ筍の皮を
真っ赤になるまで舐めた
店に並んだお菓子など口にはできなかった
それでも毎日心は弾んだ
心配事は抱え込まず誰とでも笑顔で接した
近所の人たちは縁続きの人みたいなもの
親しく声を掛け合えた

継ぎ接ぎだらけの服を着た
兄のお古を着せられた
新しい服など着る事は殆どなかった
それでも毎日気にすることなく
日が陰るまで駆けずり回った

野球ゲームやオリンピックゲームなど
手作りして妹と遊んだ
遊びたいと思う気持ちに限りなどない

トントン相撲や空き箱列車
紙風船や紙飛行機
糸巻き戦車や糸電話
竹とんぼや竹鉄砲
空き缶に紐を通して缶ぽっくり（下駄）に
捨てられるゴミも
工夫しだいで玩具となった

わずかな小遣い銭しか貰えなかったが
心まで貧しくなかった幼き日
見上げれば
いつも
そこに母がいた

白い夏

先のことなど考えなかった
無邪気だった頃の真っ白な夏よ
白い夏のカンバスに
クレヨンで海を描いた
勢いよすぎて笑ったまま
折れたクレヨンは波に飲み込まれた
もう帰れない夏
陽が眩しすぎる夏に
白いカーテンを引いてくれたのは母

無邪気だった頃の真っ白な夏よ
白い夏のカンバスに
クレヨンでヨットを走らせた

どこまでも走った
白い夏には地平線が無く
授業開始のチャイムの音も聞こえない
自由に遊びまわった夏
蟬が喧しく鳴く夏に
白い海風を吹いてよこしたのは母

夢を描けなくなった大人には
白い夏などある訳がない
手帳には
ぎっしりとスケジュールが書き込まれている
振り返れば母の姿も見当たらない

もう帰ることはない白い夏よ
耳に残る漣
陽が眩しすぎる夏に
白いカーテンを引いてくれたのは母

わらべうた

先のことなど気にも留めず
陽が降り注ぐ庭や道端で
誰もが駆けずり回った
頬を真っ赤にして遊んだ
今も聞こえてくるよわらべうた
母も歌っていたような

「かごめかごめ籠の中の鳥は
いついつ出やる
夜明けの晩に鶴と亀が滑った。」
手を繋ぎぐるぐると回った
私は鬼となって輪の中で目隠しをされ
しゃがんでる

「後ろの正面だあれ。」
輪が止まる
クスクス笑いが聞こえる
後ろにいるのは誰なのか分からない

歳月が流れ
年を重ねるごとに
輪郭さえも定かでなくなる
誰なのか言えなくて
目隠しをされたまましゃがみ続ける
あの時の私は何処へ行ったのか
今の私とは結びつかない

遠く聞こえてくるよわらべうた
「誰が後ろにいるのか教えてよ。」
応えるはずもない
亡き母に問いかける

潮干狩り

先生に提出できない
真っ白な画用紙

小学校の二年
学校行事で潮干狩りに行くことになった
この日のために小さなバケツとシャベルを
母が買ってくれた

校門をくぐった時
私は唖然となって立ち尽くした
見送りに来たのか
数人の話し合う母親の姿があったが
級友は一人もいなかった

「もう、出かけましたよ。」
一人の母親の言葉に
いたたまれなくなり
大粒の涙を零した
出発時間を間違えてしまったのだ
「かわいそうに。」
そう言われた時
涙を止められなくなった
何よりも使えなくなったことが
母が用意してくれた
潮干狩りの用具を

潮干狩り
その日の事を
画用紙に描けなかった
私だけが

雑貨屋さん

町の小さな雑貨屋さん
日用品から食料品まで
隅の棚には
子供の小遣い銭でも買える玩具が
男の子はメンコにベーゴマ
女の子はオハジキに紙の着せ替え人形

母から買い物を頼まれた
メンコ欲しさに引き受けた
夜道は怖い駆け足で
途中で雨が降り出した

町の小さな雑貨屋さん

正月がとても待ち遠しい
双六やカルタに混じって
やっこ凧や羽子板も

母から買い物を頼まれた
遊びたい心を抑えて引き受けた
にっこり笑って店のオバさんが
お駄賃にと飴玉を

町の小さな雑貨屋さん
味噌も醤油も量り売り
「お利口さんね。」と余計にくれた

買い物は気分転換に丁度良い
定年退職すると
人と触れ合う機会は極端に減る
買い物袋を提げてスーパーへ

よおく噛み噛み

「よおく噛み噛み。」
母はよく
こう言った

母は家族の誰もが言うほど
硬いご飯を炊いた
軟らかな飯など食べていたなら
丈夫な体はできないと
だから
よおく噛み噛みは欠かせない
「よおく噛み噛み。」
私は母の言葉を真似ながら

粒のかたまりを噛まずに丸呑みした
「こぼしてはいけませんよ。」
「はあい。」
返事の後では必ずご飯粒が
食卓に長い列をつくった

母が何も言わなくなる
それは
いつ頃だったのか思い出せないが
大過なく過ごしてこられたのは
よおく噛み噛みのお陰なのだろう

階段でつまずかぬよう
物忘れでうろたえぬよう
「よおく噛み噛み。」
年老いた今
忠実に守ろう母の教えを

Ⅱ　生い立つ

行商人

朝早く納豆売りが「ナットー。」と声を上げながら
昼はリヤカーで野菜売りのオバさんが
あそこの旦那は先月斜向かいの崖下の土地を購入したとか
あそこの娘は近く結婚するらしいとか
物知りだった
天秤棒担いで魚や佃煮を売りに来るオジさん
六畳二間の家で子供五人を育てたと
夕方になると笛を吹きながら自転車で豆腐屋がやって来た

私の家の縁側は南に面し
陽がサンサンと降り注ぎ
行商する人たちの格好の休み場となった
外を歩くことが少なかった母にとっては

様々な町の情報を得る
絶好の機会となった

毎年暮れには必ず
大きな荷を背負って
薬売りのオジさんがやって来た
美空ひばりの絵柄の紙風船をくれたことも
富山からやって来たのだと言う
胃薬、軟膏、風邪薬
何でも良く効いた

一時を惜しんで朝から晩まで働いた母が
お茶を出してまで
行商人と話に興じることが多かった
とりとめのない話ばかりであったが
母にとっては
一番のくつろぎの時間であったのかもしれない

母の懐

日暮れとともに
少年は草叢の中に
一日の詩を放ち
家々に灯りがともるころ
帰ってゆく
母の懐へ

少年は何も話さない
何も思い出さない
一日の疲れを忘れるかのように
母の懐で
深い深い眠りに就く
夢が数多の

心のしこりを覆い隠す

時を越え
埋め立てられた砂浜に
置き忘れた
ビーチサンダルの足跡
幼い日に遊んだ
部屋の隅に落としたままの
ビー玉の輝き
鮮やかな記憶となって
瞬くかもしれない
母の温かな面差しとともに

その日まで
少年は
母の懐で
深い深い眠りに就く

仕舞風呂

誰が決めた
という訳ではないのだが
私は決まって一番風呂
母は決まって仕舞風呂

「ヨシクニ入れ。」と声がかかる
私は決まって一番風呂
足を少し入れただけで
飛び上がりたくなるような熱いお湯
茶の間からは
テレビを見ながら笑い合う
兄や姉たちの声が聞こえる
入るのを渋ると

「後がつかえるから
入らなければ駄目。」と
叱られた
熱いので
ジッと動かず辛抱する
湯につかった体の部分は真っ赤っ赤

母は決まって仕舞風呂
すっかり冷めきったお湯につかる
一日の疲れは取れたのだろうか
暗い湯殿で足の長い不吉な蜘蛛が
そろりと壁を這う時間だ

変えたくとも
変えられない
私は決まって一番風呂
母は決まって仕舞風呂

柿の木

庭の真ん中に大きな柿の木があった
枝を四方に伸ばして大きな影を作り
夏涼しく
遊び場の中心となった

石蹴りや縄跳び
枝を揺らしての電車ごっこ
真っ黒に日焼けした子供たちの顔から
笑いが弾けた

母が子供たちのために
堆肥を施し

丹念に育てた木だ

「柿の木は折れやすいから危ないよ。」
母の注意も聞かないで
上の方に登ることで自慢した

涼風が頬を撫でる
近所の子を誘い
茣蓙を敷き
木の下で夏休みの宿題をした

近所に配るほどの実をつけた大きな柿の木
今も心のうちで
たわわに実る

母が子供たちのために
丹念に育てた木だ

縁側

風邪を引いたら
焼き焦がしたネギをガーゼにくるんで
首に巻いてくれた
腫れ物ができたら
ドクダミを蒸し焼きにして
当ててくれた
陽射し揺らめく縁側で

今
目に浮かぶのは
気力を漲らせていた
若かりし頃の
母の

温かな眼差し

痛くないかと聞きながら
針で棘を抜いてくれた
ヘアーピンを器用に動かしながら
耳掻きしてくれた
陽が降り注ぐ縁側で

二十歳《はたち》前の頃
母の膝で
猫のように丸くなり
全てを預けたまま
寝転んだ

時は
ゆったりと流れていた

時代が変わっても

ご先祖様を敬い続ける家もあるかもしれないが
家紋の入った
茶碗、徳利、箱膳、提灯などが
家の片隅に
捨てられた

妻や子は
黙って俺に従えば良い
そんな家は少なくなっただろう

兄たちは
悪戯をすれば殴られ防空壕に入れられた
そんな息子たちも大きくなり

父親としての威厳は
なくなった

そんな時流の中でも変わらずに
父は無造作に衣類を脱ぎ捨て
風呂に入る
母はきれいに畳んで
下着を揃えておく
夜遅くに酔って帰宅し
玄関で喚き散らす
母は何も言わずに出迎え
床まで導く

家紋の入った
小皿、中皿、大皿、深皿などが
家の片隅に
捨てられた

逆らおうとしても

小学時代の祭りの日
立ち並んだ仮小屋の一つで
我慢できずに
やっと貯えた小遣い銭で刀を買った
危ないから持ってはいけないと母から言われていたが
逆らおうとしても逆らえないものがある
家には持って帰れない
家の近くの崖下に捨てた

中学時代
映画に夢中になった
お金欲しさに新聞配達をすると母に話したら
そんなことをするなら勉強しろと言われた

勉強しないで音楽を聴くことが多かった
私だけが次から次へと塾に行かされた
逆らおうとしても逆らえないものがある

先のことも考えず
夢ばかり追っていた学生時代
全てが上手く行くとしか考えなかった
時には
崩れた格好もしたが
一歩手前で踏みとどまった
逆らおうとしても逆らえないものがある
母の思いを踏みにじることだけは

母は常に物事を真っ直ぐに見る
踏み外すことなく生きてこられたのは
そのお陰なのだろう
逆らおうとしても逆らえないものがある

ヨシクニ

ヨシクニという名が
とても好きだ
両親が付けた名ではない
父の知人が付けた名だ
その人を私は知らない
どんな思いを込めて名付けたのか
何も知らない

ヨシクニという
呼び名の人は多いと思うが
「芳州」という字の人はいないのでは
ホウシュウと呼ばれることが多かった

同じヨシクニという呼び名でも
私はこの世にひとり

私の名は幸運を呼ぶ
そう信じて生きてきた

夢の中で迷子になる
ヨシクニと呼ぶ母の声で目が覚めた

歩き疲れた時も
目標を見失いかけた時も
ヨシクニと呼ぶ母の声がした

ヨシクニという名が
とても好きだ
母が幼い頃から呼んでくれて
慣れ親しんだからだろう

新幹線開通

大学時代の夏休み
品川駅近くで
開通間近の新幹線の
両脇の鉄柵を塗装するアルバイトをした
直接現場に行き
仕事が終わったら
そのまま帰宅した
用具は会社の人が届けてくれ
持ち帰ってくれた
仕事場には着替える所も体を洗う場所も無かった
近くの中学校の水飲み場で顔を洗っていたら
無断で使用するなと
先生にひどく怒られた

帰りは汚れたままのペンキ臭い体で電車に乗った
一緒に働いた友達は辞めたいと
一日で音を上げた
休日は試運転の列車を見るために
沢山の人が訪れた
汚い恰好を気にしたなら仕事にならない
何も考えずに手を動かした

家を出る時
「暑いから被らなければいけない。」と
妹の破れかけた帽子を母がよこした
躊躇すると
「見てくればかり気にするな。」と

拭えども拭えども汗が滴り落ちる
気張って我慢
日盛りの夏

Ⅲ　母よ

カンナ

きらりと輝く華やぎを仕舞い込んで
母は今日も鍬を持つ

走ることなら誰にも負けない
学校までの道のりを懸命に走った
出来る事なら大学まで行きたかった
「おなごが勉強などしてなんになる。」
母親の目を盗んでは土間の隅で本を読んだ
四人姉妹の長女だった母は
何かにつけて家の仕事をさせられた
農作業や裁縫や料理
何事においても器用にこなせたのは
幼い頃から家の仕事を

手伝わされたためなのだろう

映画は林長二郎（後に長谷川一夫と改名）
歌は霧島昇
多くの若者が
夢心地となった煌びやかな世界
そんな青春時代が母にもあった

家事に専念し
人見知りの強かった母が
決まって門口にカンナの花を植えた
その紅は艶めかしく眩しい
妹たちは見惚れるほど美しい
母も化粧をするならば

子供たちのために今日も針仕事
はち切れるほどの若さを包み込んで

お帰りなさい

夜も
明けきれない寒い朝
目覚めると
母は台所で食事の支度を
「急ぎなさい。」
革靴は黒く艶を帯び
筋目の入ったワイシャツは白さを誇る
皆
母の温かな計らいである

「行ってきます。」
仕事場へ向かう
感謝の一語を

深く
心に留めて

母は手を休めることなく
何の報いも考えずに働く
誰もいない
静まり返った部屋の中で

日が暮れるころ
一日の疲れを電車の網棚に上げ
我が家に帰る
「ただいま。」
「お帰りなさい。」

母は待っていてくれる
いつでも
待っていてくれる

テレビの前に

訪問客があると
時間が無駄になったと
一時《いっとき》を惜しんで働いた母が
所在なげに
テレビの前に座る

私は甘えた
濃《こま》やかな慈しみに
何の躊躇いもなく
クレパスで
色を重ねながら

私の背が伸びるごとに

手間が省けるごとに
私から
少しずつ遠ざかっていった

テレビの前に
ちょこんと座る
もう何もかもやり終えた
そんな顔をして

満たされない
物寂しさは
痛いほど分かります
年を重ねても
幼気盛《いたいけざか》りの頃のままで

小さな母

母は何も喋らない胸の内を
だから分かるのです
私への思いやりが
母は微笑みを返してくれる
だから涙が見えてくるのです
物寂しい気持ちが分かるのです
子供たちが大きくなって
何もすることがなくなった母
叱ることも
汚れズボンの洗濯も
長い長い道のり
母は黙々と歩いた
ただ

我が子のことを思いながら
私は何も喋れない
必要以上の気遣いは
母を当惑させる

母が小さく見える
限りなく小さく見える
もう私のすることはお終いだなんて
言わないでください
帰るねぐらは
あなたの暖かな
温もりの中だけなのです

お母さん
私は何歳になっても
あなたの子供なのです

深い眠り

何も考えず
眠りたいね

母の実家は大きな茅葺屋根の家
長年
祖母はリウマチを患い苦しんだ
臥せたまま陽も当たらず
お手洗いで屈むのさえ痛がった
働き続けた頑丈な体は
過剰に薬を飲んでも
死ぬことさえ叶わないと
涙を零した

嫁いだからには
どんな辛い事があっても帰ってくるなと
送り出された母
働き過ぎて
祖母と同じ病《やまい》に
がっしりとしていた体は
シーツの裾を引っ張るだけで
クルッと反転するほど
痩せこけた
冷たいコンクリートで覆われた
病院の相部屋で
気疲れと
痛みを堪えるだけの毎日

深い眠りに包まれて
誰も
起こしてはいけない

草を刈る

草刈りは何も考えることなく
無我夢中になれる

母は働くために生まれてきたような
終日《しゅうじつ》
畑を耕し薪を割り
夜遅くまで繕いものをする
買い物は一時間以上かけて歩いて隣町まで
両手に大きな荷物をぶら下げて

終わりが見えず
顔が歪む辛い営業廻りも
足を止めることなく

頑張れたのは
そんな母を見てきたから

母はリウマチを患い
長い闘病生活の末
病院の硬い寝台上で
苦悶の表情のまま
家に帰りたいと泣きながら
息を引き取った

母は何を支えに生きたのか
老いに病《やまい》
思い巡らしたなら悩みは尽きない

草刈りは無我夢中になれる
力を込めて
鎌を振る

闇に射す一条の光

静かなる胸中に
風の戯れの如く光を注ぐのは
母の強い思いなのであろうか
その一条の光
伝ってみたら何か見えるだろうか
目を凝らしてみても
心を澄ましてみても何も見えない
在りし日の母の姿よ
甘えるだけ甘え
何もしてあげなかった思いが
強く私の胸を打つ

病院を見舞った帰り

夜の暗さに足をすくわれ
街灯もぼやけて見えた
家に帰りたいという願いも適わず
苦しかったのだろう
母は病院の硬いベッドの上で顔を歪め
問いかけに応じることもなく
目を開けたまま眠りについた

目の前に射す一条の光
捉えたくても
光は透けたまま何も映し出さない
思いは混濁としたまま
闇をさすらう

仏壇は置いてないが
床の間の
母の写真に手を合わせる

坂の小道

思いは深くとも
時の流れの中で母を見失う時がある
迷子になった心細さで夢をさすらう

実家の光景も
すっかりと変わった
屏風ヶ浦駅から左に曲がる
暫く坂を上ると
両側の道を
覆うように木々が茂っていた
今では真っ直ぐに整備された二車線の車道が走る

坂を上りきって右へ折れると

急な坂の小道
その途中に我が家があった
坂の小道の周辺だけは昔のまま
廃屋となったが
階段のある家も取り壊されずに
姉の後ろを追って遊んでいた
あどけない頃
階段を上り下りしながら
大きな荷を提げて帰ってくる母を待った
確かに待ったのだが
それさえも今では朧気となる

坂の小道は昔のまま残っているが
行き着く先は何処なのか
遊び回った日々よ
共に遊んだ幼馴染も今はいない
母の面影も遠くに霞む

カーネーション

心を込めセロファンに包んで
いま贈ります
澄み渡る空に
お母さん有難う

母の日
昔もその日はあったのだと思うのだが
花束を贈る
そんな考えは浮かばなかった

娘から必ず私の妻に
カーネーションの花束が届く
贈っていたなら母は

どんなに喜んだであろうか

いつの日も
いつの時も
傍らにいてくれるものと思っていた
何もしてあげることなく時は流れた

娘から妻への感謝のメッセージ
お母さん有難う
いつまでも元気でいてください
そんな思いを伝えられたなら

いま贈ります
澄み渡る空に
母が笑っている
我が子にかまけていた日々を
懐かしみながら

待ち続ける

母は帰りを待ち続ける
誰もが
眠りに入る時刻を過ぎても

繕いものをしながら
いつも
ひっそりと
石仏のように
ただ押し黙ったまま

今日も無事でと
神棚に手を合わせる
子供たちが健やかに育つならば

休む暇なく働いて
身体が壊れるほど働いて
身体の調子はどうなのかと
寒くはないかと
案じながら
今か今かと
待ち続ける
子供たちの帰りを

母が旅立ってから長い歳月が経ち
カレンダーも次から次へと掛け替えられた

母は
ただ寂しく笑って
今日も帰りを待ち続けていることだろう
取り壊されてしまった古い家の前で
お墓の角で

富士・母の声

老いるほどに
母が身近になる
母は私をよく連れ歩いた
初詣や墓参り
市電に乗って内職の反物を届けに
それは
小学校入学前のこと

映画や音楽に熱中し
勉強しなかったのは
常日頃
謡や書道に没頭し
子を寄せ付けなかった父への抗い

いや
机に向かうことを望んだ
母への反発だったかも

妻と子供たちを連れ
両親の墓参り
墓は井土ヶ谷駅から急坂を登った
清水ヶ丘公園の傍
彼岸ごとにお参りに来ていたが
初めて
富士山が間近に見えた
「ヨシクニ、綺麗だよ。富士が。」
言葉数の少なかった母の声が聞こえた
可愛がった孫たちを見つめている
何もしてあげなかった母が
今でも
私を見守ってくれる

あとがき

母に心配をかけ続けた。幼い頃から、本は好んで読んだが、勉強は余りしなかった。大学卒業後も、スムーズに就職できなかった。ようやく仕事に慣れた頃、母は指の関節が痛いと言い出した。病院に行くのを嫌い、アロエの錠剤を飲みたいと言うので、東京のお茶の水まで買いに行った。結婚してからは共働きのため、子供の養育に追われて、母のことを考える余裕がなくなってしまった。姉が母の面倒を見てくれたが、リウマチが悪化して家での生活が困難となり、病院に入院せざるをえなくなった。家に帰りたいと言いながら長い闘病生活の末、旅立ってしまった。七十歳になった時、両親の墓の前で初めて富士山がくっきりと聳え立つのを見た。「ヨシクニ」と呼ぶ母の声が聞こえたかに思えた。目頭が熱くなった。母の詩を書いてゆこうと決めた。年を取れば病気がちとなる。詩を書き始めてから、それを惨めとは思わなくなった。文章は年を重ねるなら、若い頃とは違った感性で書くことができるようになる。自分を見つめなおすにも、とても良い。詩を書く時間は僅かだが、真剣になってあたる。そのことは、多くのことに興味を持つきっかけになり、私の人生を豊かにしてくれている。映画や音楽、また歴史や旅や絵画などに関したテレビ番組を見ては、一日暇なく過ごしている。知らないことは多い。何歳になっても、やり終えるということはないだろう。生きている限りは、必ずや楽しいことや、美しいことに、巡り合える機会はある。そう信じ、それを書き留める努力はしてゆくつもりだ。何歳になっても、期待を持って生きたい。「人生、まだまだだよ。」そんな母の声が聞こえる。

保高一夫様が編集・発行する「地下水」に入会し、詩を発表してきましたが、仲間との合評会などは私にとって、とても良い研鑽の場となっています。厚くお礼申しあげます。また、出版にあたり、土曜美術社出版販売社主の高木祐子様には、細やかなお心遣いをいただきました。深く感謝いたしております。素晴らしい装丁をしていただいた高島鯉水子様、ありがとうございました。

二〇二〇年三月

森川芳州

著者詩歴

森川芳州（もりかわ・よしくに）

1944年3月横浜に生まれる。

2019年3月
　「カンナ」でNPO法人日本詩歌句協会第十三回中部大会優秀賞受賞

所　属　横浜詩好会「地下水」同人

現住所　〒239-0844　神奈川県横須賀市岩戸 2-8-12

詩集　お母《かあ》さんと呼《よ》ばせて

発　行　二〇二〇年三月十五日

著　者　森川芳州
装　丁　高島鯉水子
発行者　高木祐子
発行所　土曜美術社出版販売
〒162-0813　東京都新宿区東五軒町三―一〇
電　話　〇三―五二二九―〇七三〇
ＦＡＸ　〇三―五二二九―〇七三二
振　替　〇〇一六〇―九―七五六九〇九
印刷・製本　モリモト印刷

ISBN978-4-8120-2555-0　C0092